Susanne Mischke

Weiß ist die Unschuld

Weitere Titel in dieser Reihe:

Ulrike Bliefert: Lügenengel
Ulrike Bliefert: Eisrosensommer
Ulrike Bliefert: Elfengrab
Tamina Berger: Frostengel
Bettina Brömme: Rachekuss
Bettina Brömme: Todesflirt
Beatrix Gurian: Prinzentod
Beatrix Gurian: Höllenflirt
Beatrix Gurian: Liebesfluch
Beatrix Gurian: Lügenherz
Agnes Kottmann: Hassblüte
Krystyna Kuhn: Schneewittchenfalle
Krystyna Kuhn: Märchenmord
Krystyna Kuhn: Dornröschengift
Krystyna Kuhn: Aschenputtelfluch
Kathrin Lange: Schattenflügel
Inge Löhnig: Schattenkuss
Inge Löhnig: Scherbenparadies
Manuela Martini: Sommerfrost
Manuela Martini: Sommernachtsschrei
Manuela Martini: Puppenrache
Susanne Mischke: Nixenjagd
Susanne Mischke: Waldesruh
Susanne Mischke: Zickenjagd
Susanne Mischke: Rosengift

Susanne Mischke

Weiß ist die Unschuld

Arena

MIX
Papier aus verantwortungsvollen Quellen
FSC® C110508
www.fsc.org

1. Auflage als Originalausgabe
im Arena-Taschenbuchprogramm 2012

Covergestaltung: Frauke Schneider
Umschlagtypografie: knaus. büro für konzeptionelle und visuelle identitäten, Würzburg
Gesamtherstellung: Westermann Druck Zwickau GmbH
ISSN 0518-4002
ISBN 978-3-401-50396-7

www.arena-thriller.de
facebook.com/arenathriller
Mitreden unter forum.arena-verlag.de

»Das Nachbarhaus ist verkauft worden«, sagte Mama, während sie die Spaghetti in den Topf gleiten ließ.

Ich horchte auf.

»An wen?«, fragte Lennart. »Hoffentlich ist es keine Familie mit lauter schreienden Babys.« Bei dem Wort Babys sah er mich an. Ich streckte ihm die Zunge raus. Lennart bildete sich wer weiß was ein, nur weil er zwei Jahre älter war als ich. Dabei wusste ja jeder Mensch, dass Mädchen ohnehin viel reifer waren als Jungs. Also waren ich mit meinen dreizehn Jahren und Lennart mit gerade mal fünfzehn sozusagen gleich alt.

»Eine Familie mit einer Tochter«, sagte

meine Mutter. »Sie dürfte in deinem Alter sein, Leonie.«

»Also ein Kleinkind«, stöhnte Lennart.

»Cool«, sagte ich. »Wann ziehen sie ein?«

»Das weiß ich nicht genau. Sie renovieren wohl gerade.« Das war nicht zu übersehen. Der halbe Bussardweg war zugeparkt mit Fahrzeugen von Handwerkern. Ab und zu hörte man es nebenan bohren und schleifen und die Gläser zitterten im Schrank, obwohl zwischen unserem Haus und dem der Nachbarn noch zwei Garagen standen.

»Ich hoffe, du wirst gut mit ihr auskommen, Leonie.«

»Wieso?«, brauste ich auf. »Bin ich hier der Schrecken des Ortes, oder was?«

Und seit wann interessierte sich Mama überhaupt dafür, wie ich mit den Nachbarskindern auskam? Wenn ich mich früher über Jungs beschwert hatte, die Regenwürmer nach mir warfen, oder über zickige

Mädchen, die mich nicht mitspielen lassen wollten, hatte sie immer nur gesagt, wir sollten das gefälligst untereinander ausmachen.

»Sie ist... nun ja... sie soll ein wenig besonders sein.«

»Hä?«, quiekte Lennart – er war mitten im Stimmbruch und ziemlich häufig gerieten ihm die Töne außer Kontrolle. Normalerweise hätte ich ihn jetzt erst mal damit aufgezogen, um mich für das »Baby« zu rächen, aber jetzt gab es Wichtigeres: »Besonders?«, wiederholte ich misstrauisch. »Was soll das heißen?«

»Sie hat eine leichte Behinderung«, rückte Mama nun endlich heraus.

»Hat sie zwei Köpfe?«, kicherte Lennart.

»Idiot«, antwortete ich automatisch. Mama schüttelte den Kopf: »Ich weiß nicht genau, was mit ihr ist. Frau Grimm hat da nur irgendwas im Supermarkt aufgeschnappt.«

»O weia, wir kriegen einen Spa...« Lennart verstummte unter Mamas eisigem Blick. Auch ihre Stimme klang jetzt, als käme sie direkt aus dem Tiefkühlfach: »Ihr werdet euch zusammenreißen, ja? Ich will in diesem Haus keine dummen Sprüche über Behinderte hören, dass das klar ist!«

»Yes, Sir Madam, Sir!«, rief Lennart und hob die Hand an seine picklige Stirn wie ein Soldat bei der Army.

»Wir haben ja auch schon einen«, murmelte ich und ignorierte die hochgezogenen Brauen meiner Mutter. Manchmal – nein, meistens – war Lennart wirklich unerträglich. Das einzig Gute an ihm war wirklich nur sein Freund Mikke. Wann immer er Lennart besuchen kam, sorgte ich dafür, dass sich – ganz zufällig – unsere Wege kreuzten. Leider schien sich Mikke aber deutlich weniger aus mir zu machen als ich mir aus ihm. Aber das würde sich bestimmt ändern, wenn ich vierzehn werden würde und dann hoffentlich endlich einen nennenswerten Busen bekäme, wie ihn die meisten Mädels aus meiner Klasse schon ein gefühltes halbes Jahrhundert hatten. Bis dahin war es das Beste, seine Gefühle erst gar nicht zu zeigen. Vor allem Lennart durfte nichts davon mitkriegen. Der würde mich Tag und Nacht damit nerven, hundertprozentig, so kindisch und unreif wie der war. Aber vielleicht ahnte er auch schon längst etwas. Jedenfalls hatte er sich ziemlich gewundert, als ich mich im letzten Sommer bei der Deutschen Waldjugend angemeldet hatte. »Du bist doch sonst nicht so ein Naturfreak«, hatte er ganz richtig bemerkt.

Ja, zugegeben, wäre Mikke nicht auch bei der Waldjugend, würde mich da kein Mensch hinkriegen. Aber was tut man nicht alles aus Liebe... An zwei Freizeiten hatte ich bis jetzt schon teilgenommen und erstaunlicherweise hatten sie mir richtig gut gefallen, unabhängig von Mikke. Inzwischen hatte ich jede Menge über heimische Pflanzen und Tiere gelernt. Ich bereute es überhaupt nicht, dort angefangen zu haben, obwohl Mikke mich auch im Wald kaum beachtete.

Während des Essens dachte ich über Anna-Lena nach, ein Mädchen aus meiner Klasse, das ganz schlecht sah, eigentlich war sie fast blind. Sie hatte immer so einen Apparat dabei, mit dem sie in Blindenschrift lesen und schreiben konnte. Ein halbes Jahr lang hatte ich sogar neben ihr gesessen und es hatte mir nichts ausgemacht, im Gegenteil. Anna-Lena war total okay und manchmal sogar richtig witzig. Bei Schularbeiten hatte sie mir schon oft Sachen zugeflüstert. Sie war nämlich sehr gut in der Schule, trotz ihres Handicaps. Natürlich konnte man viele Dinge nicht mit ihr machen, zum

Beispiel Videoclips auf YouTube anschauen, aber das war trotzdem okay. Vielleicht war dieses neue Nachbarmädchen ja auch fast blind oder sogar ganz blind oder taub. Vielleicht konnte sie nicht richtig laufen oder saß im Rollstuhl? Ich beschloss jedenfalls, besonders nett zu ihr zu sein.

Es war kurz nach Weihnachten, als ich draußen auf der verschneiten Terrasse stand und das Mädchen im Nachbargarten stehen sah. Rotblonde Haare kräuselten sich auf einem lang gezogenen Kopf und fielen ihr in die übermäßig hohe Stirn. Eine Schulter hatte sie seltsam hochgezogen, die Unterarme angewinkelt und die Hände hingen schlaff herab wie bei einem Hund, der Männchen macht. Ihre Gesichtshaut war fahl und gräulich und erinnerte mich an einen Schneemann im Frühjahr. Aus zusammengekniffenen Augen blickte sie zu mir rüber. Oder sah sie doch woandershin? Schwer zu sagen, denn das linke Auge schaute immer woandershin als das rechte, was ihrem Blick etwas Irres und Verschlagenes gab. Ich rührte mich nicht von der Stelle. Ich wusste, eigentlich hätte ich an den Zaun gehen und etwas sagen sollen, etwas Nettes, aber ich konnte nicht. Ich stand da wie angewurzelt, spürte Enttäuschung und eine spontane Abneigung, wie ich sie noch nie zuvor gegenüber jemandem, den ich noch gar nicht kannte, empfunden hatte. Jetzt geh halt endlich wieder ins Haus zurück, sagte ich zu mir selbst. Doch in dem Moment erschien eine Frau im Nachbargarten und fragte mich, ob ich nicht rüberkommen und mit Lotta spielen wolle. Ich wollte nicht. Und überhaupt: »spielen«! Für wie alt hielt sie mich? Ich behauptete, ich hätte keine Zeit, aber da kam Mama herausgeschossen, die die ganze Zeit hinter dem Fenster gestanden und uns beobachtet haben musste.

»Natürlich hat sie Zeit, es sind ja schließlich Ferien«, sagte sie zu der neuen Nachbarin. Aber eigentlich sagte sie es in erster Linie zu mir, und ehe ich etwas erwidern konnte, zerrte sie mich zuerst ins Haus zurück und schob mich dann hinüber zu den Nachbarn. Auf dem kurzen Weg schärfte sie mir mindestens dreimal ein, nett zu dem Mädchen zu sein. Meine Proteste hörte sie überhaupt nicht.

Die Familie hieß Bäumler. Frau Bäumler führte mich und Lotta in Lottas Zimmer. Die Wände waren voller Pferdeposter! So hatte es bei mir ausgesehen, als ich sechs war. Na gut, allerhöchstens noch acht. Oder neun.

Ich hatte keine Ahnung, was ich mit ihr reden sollte. Wir saßen auf der Bettcouch, ich zerknüllte ein Kissen mit Pferdemotiv zwischen den Händen und Lotta ließ mich nicht eine Sekunde aus den Augen. Oder vielmehr: dem Auge, denn die linke Pupille glitt die ganze Zeit führungslos im Auge herum. Das rechte jedoch war starr auf mich gerichtet und dazu lächelte sie auf eine Art, die mir nicht gefiel. Irgendwie fies. Mir war alles andere als wohl dabei. War sie wirklich ... na ja ... ungefährlich? Als das Schweigen anfing peinlich zu werden – genauer gesagt wurde es mir peinlich, denn bei Lotta war ich nicht sicher, ob ihr jemals etwas peinlich wurde – fragte ich sie, auf welche Schule sie ginge. Nicht, dass sie am Ende noch in meine Klasse kam! Dabei war ich nicht einmal sicher, ob sie überhaupt kapierte, was ich sagte. Aber dann antwortete sie mir. Ich erschrak. Ihre Stimme war heiser, die Worte schienen ganz tief aus ihrer Kehle zu kommen, wie das Knurren eines Hundes, und dann purzelten sie aus ihrem Mund und bildeten einen merkwürdigen Wortsalat. Sie nannte irgendeinen Namen, den ich nicht verstand, aber wenigstens klang es nicht wie »Anne Frank«, der Name meiner Schule. In Gedanken wischte ich mir den Schweiß von der Stirn.

Ja, Lotta konnte zwar reden, aber wie, das war so eine Sache. Manchmal klappte es ein paar Sätze lang wie am Schnürchen, dann aber verfingen sich plötzlich Sprachbrocken in ihrer Kehle, die sie schließlich herauswürgte wie Gewölle. Das machte jede Unterhaltung mit ihr schwierig und unangenehm, auch wenn man sich mit der Zeit ein wenig daran gewöhnte und das meiste, was sie sagte, sogar verstand.

Zum Glück ging Lotta tatsächlich auf eine andere Schule als ich. Aber kaum war sie mittags zu Hause, lauerte sie mir auf. Sobald ich mich im Garten sehen ließ, stand sie am Zaun und starrte mich aus ihren schmalen Augen an, wobei ihre linke Pupille sinnlos durch ihr Auge irrte. Die ganze Zeit tat ich so, als wüsste ich nicht, dass sie da war.

Niemand konnte einen so lange anstarren wie Lotta und mir wurde dabei jedes Mal unheimlich zumute. Wenn ich sehr lange nicht reagierte, kam sie irgendwann näher und krächzte meinen Namen. Bald wagte ich mich nicht mehr in den Garten. Er war zur verbotenen Zone geworden. Ich wollte einfach nicht von Lotta behelligt werden. Allerdings nützte das nicht viel. Blieb ich im Haus, klingelte Lotta spätestens um vier. Ich machte ihr nie auf, aber Lennart oder meine Mutter ließen sie immer rein. Mir blieb dann nichts anderes übrig, als sofort mit ihr rauszugehen, denn in meinem Zimmer wollte ich Lotta auf gar keinen Fall haben. Ich wollte nicht, dass sie meine Sachen anfasste oder auf meinem Bett saß, und schon gar nicht wollte ich, dass sie mein Saxofon anfasste oder gar an die Lippen setzte. Doch das Schlimme war: Ich konnte noch so ekelhaft zu ihr sein, sie war nie beleidigt und wollte mich trotzdem immer wieder treffen. Offenbar war sie unfähig zu verstehen, dass ich nichts mit ihr zu tun haben wollte. Manchmal stellte ich mich schlafend oder behauptete, ich sei krank, aber das funktionierte selten. In diesen Wochen wurde ich fast zur Musterschülerin, denn nur wenn ich Hausaufgaben machte, war ich einigermaßen sicher vor Lotta.

So oft es ging, hielt ich mich ab jetzt bei meiner Freundin Janine auf. Aus irgendeinem Grund, den ich selbst nicht kannte, hatte ich ihr nichts von Lotta erzählt. Immer wieder hatte ich es mir vorgenommen, doch dann ging es einfach nicht. Aber bald fiel auch Janine auf, dass wir schon lange nicht mehr bei mir zu Hause gewesen waren. (Ich hatte den Verdacht, dass sie ein bisschen auf Lennart stand, obwohl ich das beim besten Willen nicht nachvollziehen konnte.) Schließlich fielen mir keine Ausreden mehr ein, um Janine von unserem Haus fernzuhalten, und ich zahlte Lennart fünf Euro dafür, damit er Lotta an diesem Tag nicht die Tür aufmachte. Er grinste, nickte und sackte das Geld ein. Mama war zum Glück in die Stadt gefahren. Aber irgendwann stand Janine am Wohnzimmerfenster und schaute hinüber in den Nachbargarten, wo Lotta am Zaun herumlungerte und in ihrer üblichen unheimlichen Art zu uns rüberstarrte.

Als sie mich hinter der Scheibe sah – oder vielleicht auch nur eine Bewegung –, hob sie die Hand und winkte, genauso wie Kleinkinder winken.

»Du lieber Himmel, was ist denn das?«, fragte Janine mit weit aufgerissenen Augen. Aus einem rätselhaften Impuls heraus fühlte ich mich verpflichtet, Lotta zu verteidigen. »Sie wohnt jetzt hier. Sie ist ein wenig behindert«, sagte ich und fügte den Satz hinzu, den Mama immer benutzte, wenn sie mir gegenüber Lottas Benehmen rechtfertigte: »Sie ist ein bisschen jung für ihr Alter.«

Janine musterte mich mit gerunzelter Stirn und sagte dann: »Na ja, seine Nachbarn kann man sich halt nicht aussuchen.«

Das genügte und meine Fassade stürzte ein wie ein Kartenhaus. Ich klagte Janine mein Leid und bestürmte sie, es nicht herumzuerzählen, denn es war mir peinlich, Lotta zur Nachbarin zu haben, auch wenn es dafür keinen logischen Grund gab. Denn wie Janine ganz richtig bemerkt hatte, kann man sich seine Nachbarn ja wirklich nicht aussuchen. Janine schwor es. Doch ich traute ihr nicht richtig und das stand seit diesem Nachmittag irgendwie zwischen uns. Wann immer mich ab jetzt in der Schule jemand schief ansah oder in meiner Nähe gekichert wurde, dachte ich: Sie wissen es. Alle wissen Bescheid.

Lotta hatte es mit Pferden, Pferde waren

ihr Lebensinhalt. Außer den Pferdepostern, mit denen ihr Zimmer zugepflastert war, besaß sie Dutzende von Pferdepuzzles, die wir zusammensetzten, wenn ich bei ihr war. Sie war geschickt im Puzzeln, das musste ich ihr lassen. Lesen konnte sie auch. Natürlich las sie ausschließlich Pferdebücher, so Kinderkram wie Britta rettet ein Fohlen oder Ähnliches, und dann erzählte sie mir stundenlang deren Inhalt. Danach wollte sie mir die Bücher immer ausleihen, damit ich sie auch lesen konnte, aber ich lehnte dankend ab. Wenn Lotta von Pferden sprach, konnte sie sogar halbwegs flüssig und verständlich reden. Nur ihre krächzige Stimme blieb natürlich unverändert. Jeden Samstag wurde sie zum Therapeutischen Reiten gefahren. Frau Bäumler hatte mich schon mehrmals eingeladen mitzukommen, aber ich hatte immer vorgegeben, mit etwas anderem beschäftigt zu sein. Doch irgendwann zettelten Frau Bäumler und meine Mutter hintenrum eine Verabredung an und es gab kein Entkommen für mich. Als ich am Morgen über Bauchschmerzen klagte – und ich hatte wirklich Bauchschmerzen, wahrscheinlich vor Wut –, sagte meine Mutter nur, ich solle mich nicht so anstellen. Es wäre doch nett von den Bäumlers, mich mitzunehmen, und ich wäre doch früher immer gern geritten.

»Ja, früher…«, protestierte ich. »Da war ich ein Kind!«

Meine Mutter hatte nicht ganz unrecht. Janine war bis vor einem Jahr auch vom Pferdefimmel besessen gewesen und ich hatte sie ab und zu auf den Hof begleitet und es ganz gut gefunden. Aber eigentlich hätte ich lieber einen Hund gehabt, doch das wollten meine Eltern nicht.

Es nützte also alles nichts, wir fuhren auf einen Reiterhof. Zunächst ritt aber nur Lotta. Sie saß auf einem mittelgroßen Apfelschimmel, der an einer Longe im Kreis herum lief, und in der Mitte stand die Reitlehrerin und gab Lotta Anweisungen. »Schritt, Trab, leichter Trab, angaloppieren«, und so weiter. Lotta saß ganz locker auf dem Pferd und ab und zu stieß sie einen Laut aus, der wie ein Juchzer klang. Ihr Gesicht strahlte und war gerötet vor Anstrengung und Erregung. Herr und Frau Bäumler und ich standen am Gatter und schauten zu. Frau Bäumler hatte aus unerfindlichen Gründen Tränen in den Augen und ich langweilte mich zu Tode.

Später gab es dann noch einen kurzen Ausritt über Feldwege, bei dem auch ich ein Pferd bekam. Wir waren eine Gruppe, die aus zehn Reitern und der Reitlehrerin bestand. Die anderen Teilnehmer – mit Ausnahme von mir – waren ähnlich wie Lotta auf unterschiedlichste Weise anders. Ich blendete aus, was um mich herum ablief, und konzentrierte mich auf mein Pferd. Für eine kurze Zeit gelang es mir, alles andere zu vergessen und den Ritt zu genießen.

Aber schon kurz darauf schlug das Schicksal erbarmungslos zu: Zwei Mädchen aus meiner Klasse, Sandra und Julia, ausgerechnet die gemeinsten Zicken, deren Lebensaufgabe es zu sein schien, Klatsch und Tratsch zu verbreiten, führten gerade ihre Pferde aus dem Stall, als wir von unserem Ausritt zurückkamen. Sandra und Julia kannten die therapeutische Reitgruppe wohl schon, aber neu für sie war, dass ich dabei war. Als sie mich bemerkten, stießen sie sich mit den Ellbogen in die Seiten und kicherten. Ich dagegen lief tomatenrot an und tat, als würde ich sie nicht bemerken. Zu allem Überfluss hielt es Lotta nun, nachdem wir abgestiegen waren, auch noch für nötig, begeistert und wild fuchtelnd auf mich einzureden, sodass jeder sehen konnte, dass sie irgendwie zu mir gehörte. Am liebsten wäre ich weggerannt, aber selbst dazu war es nun zu spät.

Mir war vollkommen klar, dass dies mein gesellschaftlicher Ruin war. Und genauso kam es natürlich auch: Als ich am Montag in die Schule kam, kicherte die halbe Klasse, einige wieherten und andere schnitten Grimassen, die wohl an Lotta erinnern sollten. Auch Janine fiel mir in den Rücken. Anstatt mich zu verteidigen, grinste sie nur vor sich hin. Offenbar hatte sie schon allen erzählt, dass Lotta neben mir wohnte und ich mich ab und zu mir ihr traf. Natürlich hatte sie nicht erwähnt, dass ich dazu gezwungen wurde. Dummerweise stiegen mir jetzt auch noch die Tränen in die Augen. Oh, wie ich sie alle hasste! Und am allermeisten hasste ich Lotta, die mir das eingebrockt hatte.

An den folgenden Tagen überlegte ich krampfhaft, wie ich ihr in Zukunft entgehen könnte. Ein Zufall kam mir zu Hilfe:

Mama, die in unserer Stadtbibliothek arbeitete, musste wegen der Schwangerschaft einer Kollegin in den folgenden Monaten an drei Tagen in der Woche länger als sonst arbeiten. Also waren Lennart und ich an diesen Nachmittagen allein im Haus, denn Papa kam nie vor sieben Uhr von der Arbeit. Ich drohte Lennart, dass ich unseren Eltern erzählen würde, dass er heimlich rauchte, sollte er Lotta noch ein einziges Mal die Tür aufmachen. Er behauptete zwar, das wäre ihm egal, hielt sich dann aber doch daran. Selbst wenn sie Sturm klingelte – und das kam fast jeden Tag vor –, stellten wir uns taub. So war ich Dienstag, Mittwoch und Donnerstag also schon mal gerettet. Die Gruppentreffen der Waldjugend fanden montags statt und gingen immer bis fünf Uhr, danach musste ich noch Hausaufgaben machen – noch ein Tag ohne Lotta! Blieb noch der Freitag. Der war allerdings ein Problem, denn Mama und Frau Bäumler hatten es sich zur Gewohnheit gemacht, Freitagnachmittag zusammen Kaffee zu trinken, meistens bei uns. Und natürlich kam Lotta immer mit und blieb auch noch, wenn ihre Mutter schon längst wieder gegangen war. Aber schließlich fand ich auch dafür eine Lösung: Mamas Arbeitsplatz. Genauer gesagt: den Lesesaal der Stadtbibliothek. Dort saß ich ab sofort jeden Freitag nach der Schule bis sechs Uhr abends und erzählte zu Hause, ich müsse ein Deutschreferat vorbereiten, was für Politik nachschlagen oder für eine Geschichtsarbeit recherchieren.

In Wirklichkeit las ich dort Romane und Sachbücher über Tiere und Pflanzen, denn ich hatte einen Plan. Vielleicht würde mich Mikke bei der nächsten Freizeit der Waldjugend endlich mal mehr beachten, wenn auch ich irgendwelche Greifvögel an ihrem Flugbild erkennen könnte und wüsste, wodurch sich ein Steinmarder von einem Baummarder unterscheidet. Denn er interessierte sich total für Tiere, das hatte ich schon bemerkt. Außerdem waren bei der Waldjugend gewisse Kenntnisse Standard, um überhaupt mitreden zu können. Ich entdeckte ein paar Bücher über Wölfe. Wölfe fand ich schon immer faszinierend. Die waren dreimal spannender als Greifvögel und Marder. Nur schade, dass es bei uns keine wild lebenden Wölfe mehr gab. In manchen Teilen Deutschlands waren sie zwar schon wieder zurück, aber nicht in dieser Gegend. Aber es gab hier einen Wildpark in der Nähe, zu dem unter anderem auch ein Wolfsgehege gehörte. Wir fuhren dort mindestens zweimal im Jahr hin. Es war ein prickelndes Gefühl, einem Wolf in die Augen zu schauen, und wenn sie heulten, bekam man eine Gänsehaut. Ich hoffte so sehr, das es Mikke beeindrucken würde, wenn ich viel über Wölfe wusste.

Mamas Kolleginnen, vor allem aber Mama selbst, wunderten sich sehr über meine langen Aufenthalte in der Bibliothek. »Warum nimmst du die Bücher denn nicht mit nach Hause?«, wurde ich mehrmals gefragt. Hoheitsvoll gab ich jedes Mal zurück: »Danke, aber hier kann ich mich einfach besser konzentrieren.« Was ja auch stimmte. In der Bücherei war Lotta jedenfalls noch nie aufgetaucht. Außerdem war es ruhig dort und die Zeit verflog wie nichts. Ich glaube, Mama roch den Braten, aber sie sagte nichts, immerhin war ich dort ja gut aufgehoben und trieb mich nicht herum.

Nur am Wochenende gelang es mir nicht immer, Lotta zu entkommen, aber auch da wurden meine Ausreden immer klüger und erfindungsreicher und so mogelte ich mich einigermaßen durch den Winter.

Als der Frühling näher kam, hing ich wieder mehr mit den anderen aus der Siedlung draußen herum. Es war eine gemischte Clique von ungefähr zwanzig Leuten zwischen zwölf und vierzehn. Wir kannten uns schon aus dem Kindergarten und waren zusammen aufgewachsen. In der Schule ignorierten die Älteren die Jüngeren, die Jungs die Mädchen und umgekehrt, aber an den Nachmittagen, wenn wir uns auf der Straße trafen, spielten alle Rivalitäten keine Rolle mehr. Wir versammelten uns an den verschiedensten Plätzen: auf dem Bolzplatz, an der Bushaltestelle oder den Flaschencontainern, und an Sommerabenden rauchten die Älteren im Park vor dem Heimatmuseum. Die Bushaltestelle und der Bolzplatz lagen nicht weit von unserem Haus entfernt und manchmal, wenn wir dort herumstanden, kam Lottas Mutter auf uns zu, mit ihrer Tochter im Schlepptau. Dann fragte sie, ob Lotta mitspielen dürfe. Mitspielen! Was glaubte sie eigentlich, was wir hier machten? Brennball spielen wie in der vierten Klasse, oder was? Wir waren schließlich alle Teenager und hatten wirklich andere Interessen, als mit Lotta zu spielen. Außerdem stand Lotta immer nur blöd daneben. Wenn sie irgendetwas wissen wollte, fragte sie nie in die Runde, sondern immer nur mich. Als wäre ich ihr persönlicher Dolmetscher.

Wenn Frau Bäumler also mit ihr ankam, rollten die anderen immer schon mit den Augen. Mir war das Ganze unendlich peinlich, aber ich traute mich trotzdem nicht, Nein zu sagen. Lottas Mutter hätte es sowieso sofort Mama erzählt und die hätte mir wieder eine Moralpredigt über die Diskriminierung von Behinderten gehalten oder mir sogar Hausarrest verpasst. Wahrscheinlich wusste Frau Bäumler das ganz genau. Und deshalb konnte sich Lotta sofort an meine

Seite stellen und lächeln, als hätte sie ein Recht auf mich.

Ob ich ein wenig auf Lotta achten könne, fragte ihre Mutter scheinheilig.

Das hieß im Klartext zu verhindern, dass die anderen Lotta ärgerten, und außerdem dafür zu sorgen, dass sie rechtzeitig ihr Spray einatmete, falls sie anfangen sollte, hektisch nach Luft zu schnappen. Das weiße Plastikfläschchen hatte sie immer bei sich, es hing in einem Lederbeutel um ihren Hals. Einmal war ich dabei, als sie es sich an den Mund hielt und zischen ließ. Das war, nachdem Sebastian sie von seiner Zigarette hatte ziehen lassen. (Er hatte sie danach tatsächlich wieder in den Mund genommen!) Lotta hatte fürchterlich gehustet und ihr blasses Gesicht hatte die Farbe einer Aubergine angenommen. Aber nachdem sie an dem Fläschchen gesaugt hatte, beruhigte sie sich gleich wieder und Torben hatte grinsend gemeint, jetzt könne sie ja gleich weiterrauchen. Das war einer der lustigeren Momente gewesen. Oft aber verdarb mir Lottas Anwesenheit so sehr die Laune, dass ich nach kurzer Zeit unter irgendeinem Vorwand nach Hause ging. Natürlich gefolgt von Lotta. Dann verkroch ich mich in meinem Zimmer und las, lernte oder spielte Saxofon, während die anderen weiter chillten und ich sie manchmal durch das geöffnete Fenster lachen hörte.

Es kam auch vor, dass Lotta sich bei solchen Gelegenheiten vor der Haustür an meinem Arm festkrallte. Dabei drückten ihre langen Spinnenfinger schmerzhaft in mein Fleisch. Aber das Schlimmste war nicht der Schmerz, sondern die Tatsache, dass sie mich anfasste. Ich hasste es, wenn sie mich anfasste, nicht eine Sekunde ertrug ich ihre Berührung. Wütend schrie ich sie dann an, sie solle ihre Pfoten wegnehmen, stieß sie zurück und knallte ihr die Haustür vor der Nase zu. Jeder normale Mensch wäre danach beleidigt gewesen oder wenigstens in Zukunft vorsichtiger, aber nicht Lotta. Meine heftige Zurückweisung wirkte bei ihr nur für einen kurzen Augenblick und es konnte sein, dass sie schon zwei Tage später genau dasselbe wieder machte. Dann schrie ich Lotta noch lauter an als nötig und hoffte, dass ihre Mutter es mitkriegte und dann vielleicht beschloss, ihrer Tochter den Umgang mit einem Mädchen zu verbieten, das so gemein zu ihr war. Wäre ich Lottas Mutter gewesen, hätte ich mir Lotta jedenfalls nicht anvertraut. Aber anscheinend bekam Frau Bäumer diese Szenen nie mit oder sie wollte einfach nichts davon hören oder sehen.

Einmal sagte ein Mädchen, das eine Straße weiter wohnte und erst im Winter hierhergezogen war, sie habe die ganze Zeit geglaubt, Lotta wäre meine Schwester. Ich war erschüttert. Gab es etwas Peinlicheres, als eine Schwester wie Lotta zu haben oder auch nur für ihre Schwester gehalten zu werden? Ich versuchte, mir auszumalen, wie es wäre, mir ihr zusammenzuleben. Würde ich sie auch so hassen, wenn sie tatsächlich meine Schwester wäre? Konnte man so jemanden mögen, nur, weil man mit ihm verwandt war? Nein, dachte ich. Geschwisterliebe wird vollkommen überschätzt. Ich konnte Lennart ja auch nicht leiden, obwohl er mein Bruder war, wenigstens meistens nicht.

An diesem Abend ging ich mit dem Gedanken zu Bett, dass ich es mit Lennart noch halbwegs gut getroffen hatte, auch wenn der schon reichlich bescheuert war. Solange Lotta nur meine Nachbarin war, konnte ich ihr wenigstens manchmal noch aus dem Weg gehen. Vielleicht würde sie ja irgendwann wieder wegziehen, oder wir. Obwohl ich eigentlich gern in der Siedlung wohnte und mir nicht vorstellen konnte wegzuziehen. Das Leben war im Großen und Ganzen völlig in Ordnung gewesen. Bis zu dem Tag, an dem Lotta aufgetaucht war.

Doch dann kam der absolute Höhepunkt des Grauenhaften. Es war ein Nachmittag, an dem ich wieder einmal dabei war, Lotta vor unserer Haustür klarzumachen, dass ich allein sein wollte. Zur Abwechslung versuchte ich es mal leise und mit beruhigenden Worten, was natürlich gar nichts nützte. In dem Moment ging die Tür auf und Lennart und Mikke kamen heraus. Und Lennart, dieser Volltrottel von einem Bruder, sagte zu Mikke: »Das ist Lotta, Leonies neue Freundin.«

Ich weiß nicht mehr, wie Mikke reagiert hat. Wahrscheinlich habe ich es verdrängt. Ich jedenfalls rastete aus und schrie, dass er aufhören sollte, solche Lügen zu verbreiten. Dann stürmte ich an den beiden vorbei ins Haus und schloss mich in meinem Zimmer ein, wo ich eine Stunde oder noch länger mein Schicksal im Allgemeinen und die Blamage im Besonderen beweinte.

An diesem Abend gestand ich Mama, wie sehr ich Lotta hasste.

Sie sah mich anklagend an. »Was hat sie dir denn bloß getan, dass du so ekelhaft zu ihr bist?«

»Nichts, aber…«

Ich wollte ihr erklären, wie sehr Lotta einfach alles kaputt machte und mir mein Leben verdarb, aber ich fand keine Worte dafür. Zumindest keine, die meine Mutter verstanden hätte. Sie sagte, ich solle froh sein, dass ich nicht so große Probleme hätte wie Lotta und dass sie enttäuscht von mir sei.

Auch bei Papa stieß ich auf wenig Verständnis, im Gegenteil, er war mit Mama mal wieder einer Meinung: Was denn mein Problem wäre, ob ich etwa Angst vor ihr hätte? Das arme Mädchen sei doch harmlos und könne schließlich nichts dafür.

Ja, natürlich konnte Lotta nichts dafür, dass sie so war, wie sie war. Aber ich doch auch nicht! Und ich wollte sie einfach nicht um mich haben, warum wollte das denn keiner begreifen? War es denn so schlimm, hatte ich wirklich einen so schlechten Charakter, nur weil ich gerne selbst entscheiden wollte, mit wem ich etwas zusammen machte? Aber da war noch etwas anderes. Tief in mir drin glaubte ich zu wissen, dass Lotta irgendwie doch etwas dafür konnte. Allein ihr Blick, diese teuflischen Augen... Ich war überzeugt davon, dass Lotta von einer bösen dunklen Aura umgeben war. Aber wieso spürte das niemand außer mir?

Denn Lotta flößte mir sehr wohl Angst

ein. Dieses Starren mit zusammengekniffenen Augen, ihr bedrohliches Blinzeln, die merkwürdigen Laute, die sie von sich gab... Es war keine Angst, die sich logisch begründen ließ. Ich war sicher, dass mich Lotta niemals angreifen würde, auch wenn sie oft unabsichtlich grob war und einen halben Kopf größer als ich. Ich hatte nicht so eine Angst vor ihr, wie vor gewissen Jungs auf dem Schulhof, denen man besser nicht allein begegnete. Es war irgendwie mehr die Art von Angst, für die es eigentlich keinen vernünftigen Grund gab. Wie die Angst vor dunklen Kellern, vor Friedhöfen bei Nacht oder vor einem Voodoo-Fluch.

Ausgerechnet am Tag nach dieser Auseinandersetzung mit meinen Eltern passte mich Frau Bäumler ab, als ich von der Schule kam. Sie wolle Lotta auch ein Saxofon kaufen und fragte, ob ich Lotta beibringen könnte, darauf zu spielen. Ich stammelte, ich hätte keine Zeit. Zu viel Stress in der Schule und so. Sie nickte nur mit verkniffenem Mund und ich war sicher, sie würde als Nächstes schnurstracks zu meiner Mutter rennen und mich anschwärzen. Aber dieses Mal würde ich nicht nachgeben, selbst wenn sie mir Hausarrest verpassten oder das Taschengeld strichen oder sonst was. Das Saxofonspielen war mein Ding. Mein Hobby, das ich mir mit Sicherheit nicht von Lotta verderben lassen würde.

Doch die Strafpredigt blieb aus. Stattdessen fiel mir auf, dass auch Mama nicht so großherzig war, wie sie immer tat. Als die Gartensaison begann und sie anfing, die Beete umzugraben und das Unkraut zu zupfen, stand Lotta am Zaun und starrte sie genauso an, wie sie es immer bei mir machte. Zu diesem Zeitpunkt hatte ich es mir längst abgewöhnt, in den Garten zu gehen. Vom Fenster meines Zimmers aus konnte ich

Lotta und Mama beobachten. Anfangs unterhielt sich meine Mutter noch mit Lotta. Dann wollte sie wieder arbeiten, aber sie hatte ja keine Ahnung, wie penetrant Lotta sein konnte. Wie festgewachsen stand sie am Zaun und hörte nicht auf, zu starren und in ihrer krächzenden Art zu reden. Mama war zu höflich, um ihr einfach nicht zu antworten oder sie anzubrüllen, sie solle die Klappe halten, wie es die Kinder in der Siedlung machten und ich inzwischen auch. Ich gebe zu, dass ich eine gewisse Schadenfreude empfand, während ich die Szene aus sicherer Entfernung betrachtete.

Am nächsten Tag wiederholte sich das Schauspiel mit dem Unterschied, dass Mama nach zwanzig Minuten entnervt wieder hereinkam. Am darauf folgenden Samstag musste Papa sich dann einen Anhänger ausleihen und mit meiner Mutter ins Gartenzentrum fahren. Als sie zurückkamen, war ein Wald auf dem Anhänger. »Kirschlorbeeren«, erklärte Papa auf meine Frage hin. »Immergrün.«

Wir schufteten den ganzen restlichen Tag, auch Lennart und ich mussten graben helfen, und dann standen die Bäumchen in einer geraden Reihe dicht nebeneinander am Zaun zu Bäumlers Grundstück. Jetzt, wo sie eingegraben waren, sahen sie gar nicht mehr so hoch aus wie auf dem Hänger und am Abend hörte ich Mama zu meinem Vater sagen, dass man vielleicht doch noch höhere hätte nehmen sollen, Preis hin oder her, und dass sie hoffentlich schnell wachsen würden.

Trotzdem war die Hecke noch nicht die Lösung aller Probleme, weil sie im Moment auch noch viel zu niedrig war, um Lotta am Starren zu hindern. Ich konnte also weiterhin nicht in den Garten und Lotta kam deshalb nach wie vor an unsere Tür. Aber wenn sie jetzt klingelte, dann machte meine Mutter nicht einfach auf und schickte sie zu mir rauf, sondern kam stattdessen zu mir ins Zimmer und sagte: »Lotta steht schon wieder vor der Tür, was soll ich ihr sagen?«

Und meistens nickte sie nur, wenn ich behauptete, ich hätte keine Zeit und müsse was Dringendes für die Schule machen. Sie akzeptierte mein Nein manchmal sogar dann, wenn sie sah, dass ich nur auf dem Bett lag und Musik hörte oder auf Facebook mit meinen Freundinnen chattete. Mit einem kleinen Triumphgefühl dachte ich: Jetzt hat sie Lotta auch am eigenen Leib erfahren. Keine Ahnung, wieso mir dieser altmodische Ausdruck in den Kopf kam, am eigenen Leib, aber er passte auf jeden Fall. Manchmal sind also sogar Erwachsene lernfähig.

Auch Frau Bäumler schien gelernt zu haben oder sie war einfach nur beleidigt wegen der Hecke oder weil ich nicht mit Lotta Saxofon üben wollte. Jedenfalls drückte sie mir Lotta in nächster Zeit nicht mehr aufs Auge, wenn ich mit den anderen draußen herumhing.

Apropos Facebook. Ich hatte meinen ganzen Mut zusammengenommen und Mikke eine Freundschaftsanfrage geschickt und er hatte sie akzeptiert! Ab und zu schrieb er sogar einen Kommentar auf meine Pinnwand. Ich schwebte auf Wolke sieben.

Außerdem passierte noch etwas Erfreuliches: Ich hatte das Gefühl, dass ich langsam Brüste bekam. Sie waren zwar noch längst nicht so deutlich sichtbar wie die von Janine und Maja, aber es tat sich was. Endlich! Ich hatte schon angefangen, auf Implantate zu sparen. Langsam wurde also alles besser und ich blickte wieder mehr nach vorn.

Aber das Allerbeste war: Die Osterferien

standen vor der Tür und damit die nächste Freizeit mit der Waldjugend auf der Hütte. Mikke würde auch dabei sein. Ich zählte schon die Tage.

Dann, endlich, war es so weit. Wir waren neun Jungs und fünf Mädchen, alle zwischen zwölf und fünfzehn. Unsere Betreuer Jonas und Daniel waren gerade mal volljährig. Sie ließen uns Holz sägen, Lagerfeuer machen und die Jungs durften hinter die Hütte pissen. Wir brauchten uns nicht zu waschen, wenn wir nicht wollten, wir aßen verkohlte Würstchen, abenteuerliche Eintöpfe und matschige Dosenravioli, Sachen also, die wir zu Hause nicht mal angerührt hätten. Es war das pure Chaos und wunderbar! Wir hatten freiwillig darauf verzichtet, unsere Handys mitzunehmen, nur Jonas und Daniel hatten ihre dabei, für Notfälle wie angesägte Finger, gebrochene Knöchel oder Ähnliches. Eine Woche lang nur wir und die Natur. Aufgrund meiner Studien in der Stadtbücherei kannte ich jetzt die verschiedenen Bäume, so ziemlich alle in unserem Wald vorkommenden Säugetiere, viele Vögel und sogar die wichtigsten Insekten. So ausgestattet fühlte ich mich der Wildnis gewachsen und allen anderen Herausforderungen, die noch kommen sollten.

Jonas hatte Bauholz und Werkzeug mitgebracht. Wir wollten die Tage im Wald dazu nutzen, um ein paar Nistkästen zu bauen und aufzuhängen.

Aber am meisten freute ich mich darüber, dass Finja wieder dabei war. Finja war dreizehn und meine beste Freundin bei der Waldjugend. Wir trafen uns sonst nie, weil sie nicht auf unsere Schule ging und am anderen Ende der Stadt wohnte und wer weiß, vielleicht hätten wir uns im normalen Alltag gar nicht so gut verstanden. Aber bei den Freizeiten und den wöchentlichen Gruppentreffen waren wir ein Herz und eine Seele. Manche hielten uns sogar für Schwestern, weil wir uns ein bisschen ähnlich sahen: Wir hatten beide ein schmales Gesicht, dunkelblondes Haar und hellbraune, schräg stehende Augen. Finja war etwas größer und knochiger als ich und hatte einen wuscheligen Kurzhaarschnitt. Damit sah sie manchmal fast wie ein Junge aus. Das erste Mal hatten wir uns auf der Freizeit im letzten Sommer getroffen und hatten uns vom ersten Moment an gemocht. Finja nahm immer gleich alles in die Hand, ohne lang zu überlegen, und sie war nie schüchtern oder verlegen. Sofort hatte sie ganz selbstverständlich dafür gesorgt, dass ich im Mädchenschlafraum das Bett neben ihr bekam, indem sie Katrin, die zwei Jahre älter war als wir, scherzhaft, aber bestimmt von ihrem Platz vertrieben hatte.

Ich hatte sie von Anfang an dafür bewundert, wie selbstbewusst sie war. Wenn ich in ihrer Nähe war, fühlte ich mich gleich viel wichtiger und irgendwie stärker. Sogar ältere Jungs hatten gegen uns beide keine Chance. Allerdings spielte das Thema Mädchen-Jungs in unserer Gruppe ohnehin nicht so eine große Rolle wie in der Schule. Bei der Waldjugend liefen nicht solche Zicken herum wie Sandra und Julia. Die hätten mit ihrem Tussengehabe hier überhaupt keine Chance gehabt. Genau wie Finja und ich konnten alle Mädchen bei der Waldjugend Holz hacken, Feuer machen und wussten, wie man mit Hammer und Säge umging. Wir badeten im eisigen Bach und jammerten nicht rum, wenn es bei einer Nachtwanderung mal kalt oder unheimlich war. Gleichzeitig mussten beim Kochen und Spülen genauso alle ran, Mädels und Jungs. Nur bei den Weitpisswettbewerben, die die

Jungs hinter der Hütte veranstalteten, hatten wir Mädchen naturgemäß keine Chance.

Auch dieses Mal war die Vertrautheit zwischen Finja und mir vom ersten Moment an wieder da. Allerdings war ich etwas im Zwiespalt: Einerseits wollte ich mit Finja lauter Sachen machen, andererseits suchte ich die ganze Zeit nach einer Gelegenheit, mit Mikke alleine zu sein. Natürlich durfte das dann niemand mitkriegen. Mikke und Finja unter einen Hut zu bekommen, war gar nicht so einfach. Also musste ich erst abwarten, ob Mikke sich der Gruppe anschloss, die Feuerholz sammelte, oder der, die das Abendessen zubereitete, und als das klar war – er wählte das Abendessen – musste ich Finja davon überzeugen, sich ebenfalls dafür zu entscheiden. Natürlich begriff Finja sofort, was los war. »Ich finde ihn auch süß, ihr wärt ein schönes Paar«, sagte sie und versprach, mir ein paar Tipps zu geben. »Schau ihn nicht immer so an. Du darfst ihn überhaupt nicht beachten«, riet sie mir.

»Aber dann beachtet er mich auch nicht und es wird nie was.«

»Quatsch! Jungs sind auf Beute aus. Je schwieriger die zu bekommen ist, desto mehr reizt es sie. Ein Mädchen, das einem Jungen nachläuft, ist für ihn völlig uninteressant. Wenn du willst, dass er sich für dich interessiert, musst du so abweisend wie möglich sein!«

Das leuchtete mir zwar nicht wirklich ein und ich fragte mich außerdem, woher sie das alles so genau wusste. Aber auf Finja war immer Verlass und ich glaubte ihr sofort. Außerdem erinnerte ich mich, dass Mama auch schon mal so etwas gesagt hatte.

Beim Kartoffelschälen erzählte ich Finja – aber eigentlich Mikke, der uns gegenübersaß und etwas ungeschickt Gemüse schnippelte –, dass ich in letzter Zeit einiges über Wölfe gelesen hatte.

»Wölfe. Cool«, sagte Mikke, aber, wie Finja mir geraten hatte, beachtete ich ihn gar nicht, sondern unterhielt mich weiter mit Finja über die Wölfe. Was sie fraßen, wie sie jagten, wie das Rudelleben funktionierte. Ich warf so souverän wie möglich mit Begriffen wie »Alpha-Rüde«, »Dominanzgebaren« und dergleichen um mich.

»Vielleicht heulen sie dieses Jahr wieder«, meinte Mikke.

Ich wusste, was er meinte. Gar nicht weit entfernt von der Hütte lag ein kleiner Wildpark mit einem Wolfsgehege. Bei der Nachtwanderung im letzten Sommer waren wir dem umzäunten Gelände ziemlich nah gekommen. Jonas hatte angefangen zu heulen und es damit geschafft, das siebenköpfige Rudel ebenfalls zum Heulen zu animieren. Zwei, drei Minuten lang war der Kanon aus unterschiedlichen Wolfsstimmen durch die Nacht gehallt, es war so schön unheimlich gewesen und mir hatten sich dabei die Nackenhaare aufgestellt. Das war wirklich nichts für schwache Nerven. Während unseres Küchendienstes malten wir uns aus, was geschehen würde, sollten die Wölfe aus ihrem Gehege ausbrechen. Wir taten so, als wäre es sowieso nur eine Frage der Zeit, bis das passieren würde, und steigerten uns immer mehr in diese Vorstellung hinein. Natürlich wussten wir alle, dass Wölfe überaus scheu und für den Menschen völlig ungefährlich waren, aber trotzdem gruselte es einen bei dem Gedanken.

Auch Mikke fand die Idee wohl ziemlich cool und wir alberten ausgelassen herum.

»Stellt euch vor, was dann im Waldkindergarten los ist«, meinte er.

»Und ab sofort ist der Wald frei von Joggern«, fügte Finja mit einem Grinsen hinzu.

»Nur noch Mädchen mit roten Mützen trauen sich in den Wald«, sagte Mikke.

»Quatsch, die werden als Erste gefressen, hast wohl bei Rotkäppchen nicht aufgepasst«, widersprach Finja.

»Und von den Nordic-Walkern würden nur noch die Stöcke übrig bleiben«, fantasierte ich und wir lachten, bis wir kaum noch Luft bekamen. Vielleicht bildete ich es mir nur ein, aber mir war, als würde Mikke mir dabei ein paarmal tief in die Augen sehen.

Später, nach dem gemeinsamen Essen am Lagerfeuer, wurden Finja und ich wieder ernster. Wir zogen uns ein wenig zurück und bequatschten, was bei uns während der Wintermonate so los gewesen war. Finja hatte eine Blinddarmoperation überstanden und ihre Katze war vor ihren Augen von einem Laster überrollt worden. Dieses Ereignis schilderte sie mir so detailgetreu, dass auch ich vor Ekel und Entsetzen fröstelte.

Dann war ich an der Reihe. Ich erzählte von Lotta.

Natürlich besaß Lotta nicht den Scheußlichkeitsfaktor einer platt gefahrenen Katze, und so war ich nicht sicher, ob es mir gelingen würde, meiner Freundin klarzumachen, wie sehr Lotta mein Leben durcheinandergebracht hatte. Insgeheim befürchtete ich, Finja würde reagieren wie meine Eltern. Aber Finja verstand mein Problem sofort. Dazu kam, dass ich Lottas Aussehen vermutlich um einiges bizarrer geschildert hatte, als es eigentlich war, denn so hässlich, wie ich es empfand, war sie wahrscheinlich gar nicht. Mama hatte ich jedenfalls manchmal sagen hören, sie wäre eigentlich ein ganz hübsches Mädchen. Nachdem wir uns ausgesprochen hatten, setzten wir uns wieder zu den anderen ans Feuer und Jonas forderte mich auf, Saxofon zu spielen. Ich wäre nie auf die Idee gekommen, das Instrument mit in den Wald zu nehmen. Aber Jonas hatte mir extra vorher noch mal eine Mail geschrieben und behauptet, dass wir unbedingt am Lagerfeuer ein bisschen Musik bräuchten und Daniel auch seine Gitarre mitbringen würde. Es stellte sich heraus, dass ich mir die ganze Leserei über Wölfe, Käfer und Baumarten hätte sparen können, zumindest was Mikke betraf. Er war total beeindruckt, dass ich Saxofon spielen konnte. »Wenn du willst, bring ich's dir bei«, sagte ich und er meinte: »Ja, das wäre total cool.«

Als ich an diesem Abend einschlief, war ich der glücklichste Mensch auf der Welt.

Am nächsten Morgen eröffnete uns Jonas, dass wir Besuch bekommen würden. Eine Gruppe von irgendeiner christlichen Organisation... Wir würden ihnen unsere Hütte überlassen und davor eine Jurte aufstellen, in der wir schlafen konnten. Wir waren begeistert, denn obwohl man darin nicht so bequem schlief wie in den Betten der Hütte, liebten wir die Jurte. Es war ein großes, rundes Zelt aus sehr dickem, gewachstem Tuch, das oben in der Mitte aufgeklappt werden konnte. So konnte man darin sogar ein kleines Lagerfeuer machen oder nachts die Sterne ansehen.

Meine Beschreibung von Lotta war anscheinend doch nicht allzu übertrieben gewesen. Ich war gerade dabei, den Boden der Jurte mit einem Handfeger zu kehren, da stürzte Finja herein. »Sie ist da. Dieses schreckliche Mädchen, das dich verfolgt. Sie ist gerade angekommen!«

Zuerst glaubte ich an einen ziemlich gemeinen Witz von Finja. Aber dann sah ich ihren Gesichtsausdruck: eine Mischung aus Entsetzen und geheimer Freude über die Sensation.

Verfolgt. Mit dieser Bezeichnung hatte Finja meine Gefühlslage genau getroffen. Ich fühlte mich von Lotta verfolgt. Denn sie war es tatsächlich. Vorsichtig spähte ich aus dem Zelt. Erst sah ich sie nur von hinten, erkannte sie aber sofort: ihren lang gezogenen Kopf mit den rötlichen Kraushaaren. Das konnte nur ein Albtraum sein! Gab es denn keinen Ort mehr auf der ganzen Welt, an dem ich vor ihr sicher war? Ich war kurz davor zu heulen. Was, wenn sie sich jetzt wieder an mich klammerte, mir hinterhertappte wie ein Welpe, und was, wenn Mikke das mitbekam? Aus lauter Verzweiflung wagte ich mich gar nicht mehr aus unserer Jurte. Finja musste mir berichten, was sie taten.

»Sie beziehen die Hütte. Jetzt machen sie die Betten.«

Gut. Das würde dauern. Ich schlüpfte hinaus. Im Holzschuppen sägten Daniel und ein paar andere die Bretter für die Nistkästen zu. Auch Mikke war dabei. Entgegen Finjas Rat, Mikke nicht hinterherzulaufen und ihm eher aus dem Weg zu gehen, gesellte ich mich zu ihnen. Es herrschte schließlich Notstand. Ich hätte in dem Moment nicht sagen können, welches Gefühl gerade stärker war: meine Zuneigung zu Mikke oder die Abneigung gegenüber Lotta. Ich glaube, Letzteres. Zumindest beschäftigte mich ihre Anwesenheit mehr, als mir lieb war. Finja kam in den Schuppen gelaufen und meinte: »Sie sind wieder rausgekommen und wollen jetzt was singen – zu unserer Begrüßung!«

»Oh, Scheiße!«, stöhnte ich.

Irgendwie gelang es mir, das alberne Begrüßungssingen zu schwänzen, ohne dass es auffiel. Jedenfalls sagte keiner was.

Die neue Gruppe bestand aus zehn Kindern und Teenagern, von denen sechs ähnliche Defizite hatten wie Lotta. Die anderen vier hatten entweder Behinderungen, die man nicht sah, oder es waren Geschwisterkinder, spekulierte ich. Doch keines von ihnen war in meinen Augen so grauenvoll wie Lotta.

Finja und ich überlegten, wie ich es anstellen könnte, mich vor ihr zu verstecken, kamen jedoch zu dem Ergebnis, dass das unmöglich war. Ich verkroch mich in der Jurte, aber zum Mittagessen – Gulaschsuppe aus einem Kessel, der stilecht über dem Lagerfeuer hing – holten mich Daniel und Jonas wieder raus. Ich hätte schon nachweislich todkrank sein müssen, um im Zelt bleiben zu können. Die neuen Kinder hockten im Halbkreis um das Feuer und ich war überzeugt, mir würde schlecht werden, wenn ich Lotta nur ansähe. Ihr Auftauchen in meinem Refugium hatte mich völlig aus der Bahn geworfen. Ich tat, als hätte ich sie gar nicht bemerkt, und setzte mich so hin, dass der Kessel zwischen uns hing. So konnte sie mich wenigstens nicht anstarren.

»Sie hat dich gesehen«, wisperte Finja neben mir. »Schau bloß nicht hin!«

»Was macht sie?«

»Grinst. Oder so was Ähnliches.«

Ich ließ den Kopf unten, konnte aber trotzdem ihre Schuhe sehen, ihre gekreuzten Beine in den blauen Cordhosen. Und ich hatte das Gefühl, dass ihr Blick auf mir ruhte, trotz des Kessels, der zwischen unseren Köpfen schwebte.

Die neue Gruppe hatte zwei weibliche Betreuerinnen, die etwas älter waren als Jonas und Daniel. Vermutlich waren es ausgebildete Erzieherinnen. Ab sofort pfiff hier ein anderer Wind. Wir mussten vor dem Essen singen und beten, sollten nach Möglichkeit nicht mehr fluchen und Daniel ermahnte unsere Jungs, nicht mehr zu rülpsen.

Lotta schien nicht überrascht zu sein, mich zu sehen. (Ich hatte inzwischen den Verdacht, dass das alles ein abgekartetes Spiel zwischen ihrer und meiner Mutter war.) Als sie sich mit ihrer Schüssel vor dem Kessel anstellte, betrachtete sie mich wieder mit diesem besitzergreifenden Lächeln, das sie auch zeigte, wenn sie mich über den Zaun hinweg beobachtete. Mir lief es eiskalt den Rücken hinab.

Ich versuchte, mir einzureden, dass es doch gar nicht so schlimm war, dass Lotta auch hier war. Vielleicht war ich schon völlig überdreht mit meiner Abneigung und Panik. Vielleicht wäre alles ganz anders gekommen, wenn mich Mama und Lottas Mutter nicht immerzu gedrängt und gezwungen hätten, mit ihr zusammen zu sein. Sie hätten mir einfach ein bisschen Zeit geben müssen. Dann hätte ich mich Lotta in dem Tempo nähern können, wie ich wollte. Aber sie haben ja die ganze Zeit immer nur alles besser gewusst.

Allerdings war das mit Lotta auch nicht so einfach. Sie konnte stur sein wie ein dreijähriges Kind, vernünftige Argumente zogen bei ihr nicht. Wenn man ihr den kleinen Finger gab, nahm sie sofort die ganze Hand oder noch mehr. Wie um alles in der Welt ging man mit so jemandem um?

Im Lauf des Tages kam mir immer wieder der Gedanke, wie froh ich war, dass ich Finja dabeihatte. Sie wirkte wie ein Schutzschild gegen Lotta, denn bis jetzt hatte sie sich nicht in meine Nähe gewagt. Was wohl auch an unseren geschickten Ausweichmanövern lag. Finja behielt Lotta stets im Auge und berichtete mir, was sie gerade machte, sodass ich ihr möglichst aus dem Weg gehen konnte.

»Sie hat dich gesehen. Dreh dich nicht um!«

»Was macht sie?«

»Sie steht da und schaut dich an. Unheimlich! Ich glaub, die hat den bösen Blick. Geh weiter, geh weiter, nur nicht umdrehen.«

Den bösen Blick. Der Ausdruck ging mir den ganzen Tag nicht mehr aus dem Kopf. Es war doch wirklich ein ziemlich großer Zufall, dass sie hier aufgetaucht war. Zufälle gibt es nicht, dachte ich. Sie ist... sie ist bestimmt so eine Art Fluch. Ich überlegte, was ich getan hatte, welche Schuld ich auf mich geladen hatte, dass ich von Lotta derart verfolgt wurde. Was hatte sie wohl mit mir vor?

Manchmal gelang es mir, Lotta einen Moment anzusehen, ohne dass sie es merkte. Bei einem gemeinsamen kleinen Spaziergang vor dem Mittagessen bot sich immer wieder mal die Gelegenheit, weil die andere

Gruppe ein paar Meter vor unserer her lief. Lotta schien sich mit niemandem besonders gut zu verstehen. Jedenfalls sah ich sie nie mit jemandem sprechen, außer mit den Betreuerinnen Katja und Anna. Kannten diese Kinder einander überhaupt? Oder hatte Lottas Mutter sie auch dort einfach nur abgeladen, so wie sie das bei unserer Clique auch immer gemacht hatte? Während der Wanderung sah Lotta auch manchmal etwas orientierungslos und niedergeschlagen aus, als sei sie irgendwo ausgesetzt worden und wüsste nicht, warum und wozu. In diesen Momenten tat sie mir dann plötzlich wieder leid. Das war eine ganz andere Lotta als die, die am Zaun stand und mich fordernd anstarrte, oder die, die auf dem Pferd saß und glückliche Laute ausstieß. Vielleicht war der Wald wirklich nicht das Richtige für sie, dachte ich und konnte mich gerade noch daran hindern, zu ihr hinzugehen und ihr ein paar aufmunternde Worte zu sagen. Denn das ging natürlich nicht, was hätte Finja dazu gesagt, nach all den Verrenkungen, die wir angestellt hatten, um Lotta aus dem Weg zu gehen?

Am Abend wiederholte sich das Spiel mit dem Kessel am Lagerfeuer. Die Gruppen wurden aufgefordert, sich zu mischen, doch das wollte keiner so wirklich und am Ende saßen wir uns wieder in zwei Halbkreisen gegenüber. Doch beim Nachtisch, es gab eine klebrige, puddingartige Pampe mit Klümpchen drin, hatte Lotta auf einmal doch einen anderen Platz und ich konnte mich nicht mehr hinter dem Kessel verstecken. Ich spürte förmlich, wie ihr Blick sich in mich hineinbohrte, ich sah das schiefe Lächeln, mit dem sie mich immer begrüßte, und trotz der Unterhaltung der anderen und dem Knistern und Knacken des Feuers glaubte ich, ihr gurgelndes, glucksendes

Kichern zu hören. Normalerweise schaute ich immer weg, wenn sie mich so anstarrte, aber dieses Mal änderte ich die Taktik. In den Büchern über Wölfe stand, es wäre ein Zeichen von Aggression, wenn ein Wolf den anderen fixierte, und ein Zeichen von Schwäche, wenn der Angestarrte den Kopf senkte. Vielleicht verstand Lotta die Wolfssprache ja besser, dachte ich und starrte unverwandt und fast ohne zu blinzeln zurück, bis meine Augen anfingen zu tränen. Aber ich war fest entschlossen, so lange zu starren, bis sie wegschaute. Schließlich hatte ich mein Ziel erreicht, aber wohl nur, weil eine der Betreuerinnen plötzlich aufsprang und mit künstlicher Munterkeit rief, dass wir nun alle zusammen musizieren wollten. Von »wollen« konnte gar keine Rede sein, die meisten von uns verdrehten nur genervt die Augen. Wir hätten lieber Gruselgeschichten oder Witze erzählt. Doch es half nichts. Daniel und die Betreuerinnen spielten Gitarre und dazu wurde auf Deutsch und Englisch gesungen, was Finja und mich ziemlich anödete. Außerdem klang es grausig, weil viele von den Kids aus der anderen Gruppe nicht einen einzigen Ton richtig halten konnten. Ich war enttäuscht und unglücklich und das lag nicht allein an Lotta. Das hier war nicht mehr die Freizeit, wie ich sie kannte und liebte. Seit der Ankunft der anderen waren auch wir von der Waldjugend nicht mehr die Gleichen. Es kam mir vor, als spielten wir alle Theater. Ein verkrampftes Stück, das »Wir-haben-Spaß-zusammen-mit-Behinderten« hieß, mit dem Wald und der Hütte und dem Lagerfeuer als Bühnenbild.

Finja und ich täuschten schließlich Müdigkeit vor und verzogen uns frühzeitig in die Jurte. Ich fragte Finja, wie grässlich sie Lotta fände auf einer Skala von eins bis zehn.

»Eine Acht«, sagte Finja. »Mindestens. Stell dir vor, sie würde bei uns im Zelt schlafen!«

»Grässlich«, sagte ich und schüttelte mich.

In dieser Nacht träumte ich, dass Lotta in unser Zelt käme und grinsend vor meinem Bett stünde. Ich schreckte hoch, vielleicht habe ich sogar geschrien. Aber ich sah nur den funkelnden Sternenhimmel durch die Öffnung der Jurte und hörte das leise Schnarchen der Jungs hinter der Stellwand, die das Mädchenschlafabteil von dem der Jungen trennte. Das war alles. Keine Lotta. Ich versuchte, meine Gedanken auf Mikke zu konzentrieren, der nur wenige Meter von mir entfernt lag und trotzdem so weit weg war. Ich dachte an seine grünen Augen und sein Lächeln, an seine raue und doch irgendwie samtige Stimme und den blonden Flaum auf seinen Wangen. Aber ich konnte nicht mehr einschlafen. Wann immer ich die Augen schloss, sah ich Lottas

Gesicht oder glaubte, sie ums Zelt schleichen zu hören. Als die Sterne verblassten und die ersten Vögel den Morgen herbeizwitscherten, wusste ich nicht, ob ich mich auf den neuen Tag freuen sollte oder nicht. Noch zwei Tage. Zwei Tage mit Finja und Mikke, aber auch zwei Tage mit Lotta. Bei so viel Gefühlschaos, wie sollte ich das alles nur unbeschadet überstehen?

Den ganzen Tag war ich hundemüde. Vormittags hatte ich Küchendienst und schlief beim Kartoffelschälen beinahe ein. Am Nachmittag hängte unsere Gruppe im Wald die fertigen Nistkästen auf, während die anderen eine Wanderung machten. Ein paar Stunden Gnadenfrist!

»Ist eine von den Neuen nicht das Mädchen, das neben dir wohnt?«, fragte mich Mikke, der plötzlich neben mir aufgetaucht war.

»Ja. Aber sie ist nicht meine Freundin. Ich hasse sie!«, stieß ich unbeherrscht hervor.

Sofort erkannte ich, dass ich einen Fehler gemacht hatte. Mikke, der ja die ganze Vorgeschichte nicht kannte, sah irritiert aus. Ja, natürlich, dämmerte es mir, wenn jemand Lotta nicht näher kannte, dann war sie nur ein mitleiderregendes Geschöpf. Mein Hassausbruch musste auf ihn ziemlich abstoßend wirken, brutal geradezu. Was dachte er jetzt von mir? Dass ich ein egoistisches, herzloses Biest war. Ich war wütend auf mich selbst. Hätte ich doch bloß den Mund gehalten! Mit meinem kindischen Benehmen hatte ich mir jetzt bestimmt alles versaut.

Diese Gedanken verfolgten mich, während wir weiter durch den Wald gingen. Es war ein warmer Tag, Sonnenstrahlen fielen durch das frische, zarte Frühlingsgrün der Bäume. Jonas hatte ein Seil dabei und abwechselnd kletterte einer von uns auf einen Baum und nagelte den Nistkasten an einer für Spaziergänger und Gelegenheitskletterer unerreichbaren Stelle an. Wir suchten dafür extra Bäume aus, die man nicht ohne Hilfsmittel erklimmen konnte, damit die brütenden Vögel ihre Ruhe haben würden. Ich meldete mich für einen besonders schwierigen Baum. Zwei Äste lagen ziemlich weit auseinander und ich erreichte den oberen nur durch einen kleinen Sprung vom unteren Ast. Mit einem Klimmzug zog ich mich daran hoch, während die unten Gebliebenen die Luft anhielten. Lässig zog ich Hammer und Nägel aus der Hosentasche, ließ mir den Nistkasten raufwerfen und nagelte ihn an. Das Runterklettern war erfahrungsgemäß schwieriger. Ich zögerte. Zuerst musste ich mich von dem Ast, auf dem ich jetzt saß, herabhängen lassen und sicher sein, mit den Füßen auf dem unteren Ast zu landen, und mich gleichzeitig am

Stamm festhalten, um nicht das Gleichgewicht zu verlieren.

»Warte, ich werf dir das Seil rauf«, rief Jonas, aber ich hörte ihn nur wie durch einen Nebel. Ich starrte hinunter und sah – Lotta! Ihre zusammengekniffenen Augen, ihr unergründliches Lächeln und ihr rötliches Haar, das in der Sonne glänzte. Und ich hörte ihre Stimme, aber nicht von unten herauf, nein, ich hätte schwören können, sie krächzte ganz dicht neben meinem Ohr, so als säße sie neben mir. »Spring doch«, hörte ich sie sagen und ich dachte: Wenn ich runterfalle, bin ich vielleicht gelähmt. Dann bin ich eine Behinderte, eine wie Lotta.

»Spring«, hörte ich sie wieder flüstern.

Und ich sprang.

Mitten in der Bewegung kam ich zur Besinnung. Ich drehte mich in der Luft, meine Arme schlugen auf dem unteren Ast auf und ich krallte mich reflexartig daran fest.

Es tat verdammt weh und würde eine Menge blauer Flecken geben. Ein Schrei aus mehreren Kehlen war von unten zu hören, doch ich war sicher gelandet und der Rest war ein Kinderspiel. Wieder auf festem Boden angekommen hielt ich Ausschau nach Lotta. Aber sie war nirgends zu sehen. Weit und breit keine Spur von ihr und den anderen ihrer Gruppe. Vorsichtshalber fragte ich auch noch Finja nach ihr, aber die meinte, ich hätte wohl schon Halluzinationen. Ja, vermutlich hatte sie recht. Kam wahrscheinlich vom Schlafmangel.

Jonas schimpfte mit mir wegen meines Leichtsinns, aber Finja meinte, das wäre eine ziemlich coole Nummer von mir gewesen, und wenn ich mich nicht täuschte, dann lächelte mir auch Mikke anerkennend zu.

Zum Glück blieben danach noch zwei Stunden, um vor dem Abendessen noch ein wenig zu schlafen. Denn es galt, fit zu sein für die Nachtwanderung.

Auch diese Nacht war sternklar und über dem Wald hing der volle Mond wie ein großer Lampion. Die Wanderung durch den nächtlichen Wald war immer der Höhepunkt unserer Freizeiten gewesen und wir von der Waldjugend hatten die Hoffnung, dass wir sie ohne die andere Gruppe machen würden. Aber es sollte anders kommen.

Wie immer in der Nacht hatte der Wald tausend Geräusche: Zweige knackten, Laub raschelte, hin und wieder schrie ein Tier. Es war derselbe Wald, durch den wir tagsüber noch sorglos gestreift waren, doch die Abwesenheit des Sonnenlichts machte ihn jetzt zu einer unheimlichen Kulisse. Die silbernen Stämme der Buchen sahen im Mondlicht aus wie Elefantenhaut, Baumstümpfe nahmen die Formen von Ungeheuern an, Äste wurden zu Skelettarmen, die sich flehend in den Nachthimmel reckten. Eine Fledermaus kreuzte in ihrem hektischen Zickzackflug den Lichtkegel meiner Lampe.

Von der anderen Gruppe waren nur fünf mitgekommen, darunter auch Lotta. Auch eine der Betreuerinnen, Katja, die Hübschere, war dabei. Sie blieb die ganze Zeit zwischen Jonas und Daniel. Vielleicht war ihr der dunkle Wald nicht ganz geheuer oder sie war verknallt in einen der beiden Jungs. Vielleicht in Daniel mit seinen blonden Locken und den blauen Strahleaugen. Ihre Schützlinge stolperten dicht hinter dem Führungstrio durch die Nacht. Finja und ich gingen ganz am Ende, gleich hinter Mikke und Julian. Wir fuchtelten mit unseren Taschenlampen herum.

Finja machte mich darauf aufmerksam, dass sich Lotta immer mehr zurückfallen ließ.

Vielleicht war es der dunkle Wald um uns herum, die Geräusche, die Schatten, vielleicht hatte ich mich in etwas hineingesteigert, jedenfalls bekam ich plötzlich Angst. Mein Herz schlug mir bis zum Hals. »Finja, sie verfolgt mich, was soll ich machen?«, jammerte ich. Ich wagte kaum noch hochzublicken. Erst als ich ein kehliges Krächzen neben mir vernahm, das sich wie »hallo, Leonie« anhörte, hob ich den Kopf. Sie ging genau neben mir auf dem breiten Forstweg, die Schultern nach vorn gezogen, die Unterarme angewinkelt, die Hände schlackerten im Rhythmus ihrer Schritte. Sie hatte wirklich elend lange Finger und plötzlich tauchte ein Bild vor meinen Augen auf, wie sich diese Finger um meinen Hals legten und zudrückten. Mit meiner ganzen Willenskraft unterdrückte ich den Impuls wegzurennen.

Irgendwie überwand ich mich sogar und sagte »hallo, Lotta« zu ihr. Sie antwortete nicht, vielleicht lächelte sie, aber das sah ich nicht, weil ich lieber auf den Weg oder zwischen die Bäume leuchtete.

Böser Blick. Verfolgt mich, konnte ich nur noch denken.

Finja wandte sich abrupt um und lenkte den Lichtstrahl ihrer Taschenlampe an Lottas Hals, sodass er sie nicht direkt blendete, wir aber trotzdem ihr Gesicht sehen konnten. »He, du! Weißt du eigentlich schon, dass es hier im Wald Wölfe gibt?«, fragte sie.

Lotta betrachtete Finja mit einem Ausdruck, der nach Verwunderung aussah.

»Die sind aus dem Wildtiergehege ausgebrochen, es stand in der Zeitung. Sie können überall sein. Weißt du, wie Wölfe jagen?«

Lotta würgte ein Nein aus ihrer Kehle. Trotzdem schien sie erfreut zu sein, dass wir uns mit ihr unterhielten. Eigentlich redete fast nur Finja, ich nickte nur immer wieder zustimmend. Finja beschrieb, wie ein Wolfsrudel Beute machte, indem es eine Schafsherde zuerst unbemerkt von allen Seiten einkreiste, dann ein schwaches Tier von den anderen absonderte und dieses schließlich angriff.

»Und wenn die Hunger haben, dann fressen sie alles. Auch Menschen!«

Lotta schüttelte den Kopf. Auch sie hatte offenbar schon über die Lebensgewohnheiten von Wölfen gelesen oder davon gehört. Aber natürlich kannte auch sie das Märchen von Rotkäppchen und dem bösen Wolf...

»Doch, das stimmt«, sagte ich. »Auch Menschen. Die sind leichte Beute für sie. Wölfe wittern einen Menschen kilometerweit.«

Der Weg machte einen Knick. Trotz der Dunkelheit wusste ich, wo wir waren. Nach der nächsten Biegung würden wir die hohe Steinmauer sehen können, die den Wildpark umgab.

Lotta fühlte sich offenbar nicht mehr so

wohl, sie war nervös, warf den Kopf hin und her und zerrte an ihrer Jacke. Irgendetwas fiel auf den Boden, aber ich kümmerte mich nicht darum. Meine Angstattacke war verflogen, nicht aber meine Wut. Warum musste sie mir jetzt auch noch diese Nachtwanderung durch ihre Anwesenheit verderben? Wäre sie wenigstens vorne bei den anderen geblieben!

Verstohlen in mich hineingrinsend hörte ich Finja zu, die gerade zur Hochform auflief: »Sie sind so unheimlich, so leise und so hinterhältig. Du merkst gar nicht, wenn sie sich anschleichen, aber dann, wenn du einen von ihnen siehst, dann ist es zu spät...« Sie hielt inne, denn plötzlich hörten wir ein lang gezogenes Heulen. Wie erstarrt blieben wir stehen. War das Jonas gewesen?

»Ausgebrochene Wölfe sind total gefährlich, denn sie haben ja keine Scheu vor den Menschen«, fuhr Finja fort und ich bemerkte erst jetzt, dass wir ein gutes Stück hinter die anderen zurückgefallen waren.

Dieses Mal dauerte es gar nicht lange, bis die Wölfe antworteten. Vielleicht lag es am Vollmond, der sie in Stimmung brachte. Schlagartig setzte ein mehrstimmiges Heulen, Jaulen, Klagen und Bellen ein. Es hielt dieses Mal viel länger an, bestimmt fünf Minuten, auch weil Jonas und Daniel immer wieder zurückheulten. Mir jagte ein Schauer nach dem anderen über den Rücken. Für einen Moment vergaß ich Lotta und war ganz berauscht von dem Gesang der Wölfe. Vor meinem inneren Auge dehnten sich sibirische Steppen, kanadische Wälder, afrikanische Wüsten …

»Die Wölfe. Sie sind da«, flüsterte Finja. Aufs Geratewohl leuchtete sie ins Dickicht neben dem Weg, als wollte sie die Tiere suchen. Und dann blieb uns das Herz stehen. Ein Paar leuchtende Augen reflektierten das Licht der Taschenlampe. Ich erkannte im Bruchteil einer Sekunde, dass es sich unmöglich um einen Wolf handeln konnte, dafür waren die Augen zu nah am Boden. Es musste ein Fuchs oder ein Steinmarder sein, der raschelnd vor uns floh. Ich kicherte erleichtert, aber Finja stieß mich in die Seite und leuchtete auf Lotta. Auch sie hatte die Pupillen im Gebüsch aufleuchten sehen. Ihre Augen, sonst immer zusammengekniffene Schlitze, waren jetzt ganz weit aufgerissen. Ihr Mund schnappte nach Luft, sie sah aus wie ein Fisch auf dem Trockenen. Dabei röchelte sie und nestelte an ihrer Jacke herum. Ich wusste genau, was sie suchte.

Hatte ich Finja von Lottas Asthma erzählt, als ich ihr Lotta beschrieben hatte? Ich erinnerte mich nicht mehr. Wieder erklang ein mehrstimmiges Geheul, schaurig und ganz nah.

Und dann, auf ein stummes Kommando, rannten Finja und ich los, den anderen hinterher. Wir ließen Lotta zurück, mit ihrer Angst und ihrer Atemnot.

Nach etwa hundert Metern hatten wir die anderen eingeholt. Die Wölfe waren inzwischen verstummt und alle versicherten sich gegenseitig, wie »geil« sich das angehört hatte. Wie gruselig, wie unheimlich. Fiel denn niemandem auf, dass Lotta fehlte? Was war mit Katja los? Ich hatte das Gefühl, dass ich etwas sagen müsste, aber ich zögerte. Schaute hinüber zu Finja, die offenbar meine Gedanken las und den Finger an den Mund legte.

Hinterher wusste ich nicht mehr, wie ich es fertiggebracht hatte, den ganzen Rückweg über zu schweigen. Vielleicht, weil ich erkannt hatte, dass es jetzt sowieso zu spät war. Zu spät, zu spät dachte ich im Rhythmus meiner Schritte und mit jedem Schritt wuchs mein Schuldgefühl. Was hatten wir nur getan? Plötzlich war mir nicht mehr wichtig, was Finja von mir dachte. Sollte sie mich meinetwegen für ein Weichei halten, für eine Verräterin, es hatte keine Bedeutung mehr. Ich drängelte mich nach vorn, vorbei an all den anderen, bis ich Katja und Daniel erreicht hatte.

»Ist Lotta nicht da?«, keuchte ich.

Nachdem dieser Satz gefallen war, gab es ein paar Momente der Verwirrung, bis unsere Betreuer realisiert hatten, dass genau das, was nie hätte passieren dürfen, passiert war. Dann brach das Chaos aus. Alle riefen: »Lotta, Lotta wo bist du?«, und schwärmten wie ein Haufen aufgescheuchter Vögel in alle Richtungen aus. Lichtstrahlen von Taschenlampen zuckten kreuz und quer durch den Wald. Katja begann, hysterisch zu brüllen, sie sollten sofort zurückkommen, sonst würde noch jemand verloren gehen. Alle waren mit der Situation überfordert, niemand kam auf die Idee, mich zu fragen, wann und wo ich Lotta denn zuletzt gesehen hatte. Wahrscheinlich wusste Katja, die uns ja nicht kannte, später gar nicht mehr, wer eigentlich gefragt hatte, wo Lotta wäre. Jonas versuchte sich in Optimismus, indem er meinte, es wäre ja nicht kalt, sie würde zumindest nicht erfrieren.

»Aber sie hat Asthma«, jammerte Katja. »Sie darf sich nicht aufregen. Oh, mein Gott, ihre Mutter bringt mich um, wenn ihr was passiert!«

Man einigte sich, dass Katja den Rest ihrer Schützlinge, die verstört wirkten und den Grund für die plötzliche Aufregung vielleicht gar nicht kapierten, erst mal zurück in die Hütte bringen sollte. Gleichzeitig wollten Jonas und Daniel den Weg zurückgehen, den wir hergekommen waren. Ein paar

Jungs boten an mitzukommen und schon verschwanden sie in der Dunkelheit.

Bei all dem Durcheinander war mir gar nicht aufgefallen, dass ich Mikke schon längere Zeit nicht gesehen hatte. Ich fragte mich, ob er da gewesen war, als ich die anderen überholt hatte. Und jetzt, wo war er hin? Hatte er sich Daniel und Jonas angeschlossen?

Etwas verloren stand der Rest von uns schließlich vor unserer Jurte. Trotz der Aufregung verspürten einige von uns Müdigkeit und außerdem wurde es langsam kalt, vor allem, wenn man sich nicht bewegte. Katrin, die älteste von uns Mädchen, meinte, man sollte das Feuer wieder anfachen und in der Jurte auf die anderen warten. Wir gehorchten ihr, froh, dass uns jemand sagte, was wir tun sollten. Ich erbot mich, zum Schuppen zu gehen und etwas Feuerholz zu holen. Mit Finja hatte ich während der letzten Minuten kein Wort mehr gewechselt, hatte nicht einmal gewagt, sie anzusehen. Ich fragte mich, ob ich überhaupt je in meinem Leben wieder jemandem gerade in die Augen blicken können würde. Am allerwenigsten wohl mir selbst. Ein Wort formte sich in meinem Bewusstsein, ein Wort, das alles überschattete: Mörderin! Ja, ich war eine Mörderin. Von einer Sekunde auf die andere war ich eine geworden – in genau dem Moment, in dem ich von Lotta weggerannt war.

Mit den Armen voller Holz kam ich aus dem Schuppen und erschrak. Ein knatterndes Geräusch kam langsam näher, ein Lichtstrahl fiel vom Himmel, etwa dort, wo sich das Wildgehege befinden musste. Ein Hubschrauber! Falls Jonas und Daniel die Polizei gerufen hatten, dann war der aber verdammt schnell hier gewesen, dachte ich. Jetzt standen wieder alle vor der Hütte, den Kopf in den Nacken gelegt, und schauten in den Himmel, wo der Helikopter über dem Wald kreiste. Von ferne hörte man Sirenen. Wir beobachteten, wie der Hubschrauber tiefer sank und dann ziemlich lang an einer Stelle verharrte. Hatten sie Lottas Leiche schon entdeckt? Ich merkte, dass ich am ganzen Körper heftig zitterte, obwohl ich immer noch meine dicke Jacke anhatte. Sogar meine Zähne klapperten, wenn ich den Kiefer nicht aufeinanderbiss.

Die Hütte war über einen Forstweg erreichbar, der für den normalen Autoverkehr gesperrt war, aber jetzt näherten sich Scheinwerfer und ein Streifenwagen hielt vor uns. Ich bekam einen wahnsinnigen Schrecken und sah mich bereits in Handschellen auf dem Rücksitz. Ich wusste, dass ich nicht strafmündig war, aber vielleicht steckten sie mich in eine Besserungsanstalt oder in die Psychiatrie. Da gehörte ich wahrscheinlich auch hin. Ich, die Mörderin.

Zwei Polizisten stiegen aus und wollten die Verantwortlichen sprechen. Beinahe hätte ich die Hand gehoben. Schließlich war ich ja verantwortlich für das ganze Unglück. Aber dann verschlug es mir die Sprache, als die hintere Tür des Wagens aufging und Mikke ausstieg. Er stellte sich zu Katja und Anna, die mit den Beamten redeten. Aber sie sprachen zu leise. Wir konnten nichts verstehen, was wohl auch daran lag, dass der Hubschrauber wieder gestartet war und gerade über unsere Köpfe hinwegflog.

Was passiert war, klärte sich im Lauf der Nacht. Nachdem die Wölfe aufgehört hatten zu heulen, hatte sich Mikke, von allen unbemerkt, seitlich ins Gebüsch geschlagen, weil er dringend mal musste. Als er wieder zurück auf den Weg kam, sah er Lotta, die allein und verlassen dastand und verzweifelt nach Atem rang. Zusammen suchten sie nach ihrem Fläschchen. Vergeblich. Aber es gelang Mikke, sie so weit zu beruhigen, dass ihre Luftröhre nicht vollkommen zuschwoll. Entgegen der Abmachung hatte Mikke sein Handy dabei. Er hatte sich ein paar Wochen zuvor in ein Mädchen aus der Parallelklasse verliebt und hielt es keinen Tag aus, ohne nicht wenigstens ein paar SMS mit ihr zu tauschen. Dieser Umstand rettete Lotta wahrscheinlich das Leben. Mikke dirigierte den Hubschrauber mit der Taschenlampe an die bewusste Stelle, dort konnte sich der Notarzt abseilen und Lotta das lebenswichtige Spray verabreichen. Vorsichtshalber wurde sie gleich ins nächste Krankenhaus gebracht, aber der Notarzt hatte gemeint, es müsste eigentlich alles in Ordnung sein mit ihr.

Am nächsten Tag löste sich unser Lager auf, wir packten die Rucksäcke und wanderten bis zum nächsten Ort, von wo uns die S-Bahn nach Hause brachte.

Anscheinend hatte Lotta ihren Eltern nicht erzählt, was wirklich geschehen war. Vielleicht hatte sie es selbst gar nicht mitbekommen oder sie wusste es hinterher nicht mehr. Wer konnte schon sagen, was in ihrem Kopf vorging? Am nächsten Tag stand sie jedenfalls schon wieder am Zaun und lächelte, gerade so, als seien ihre Rechte auf mich ab sofort wieder gültig.

Das alles ist jetzt drei Jahre her. Vor zwei Wochen ist Lotta weggezogen, weil ihr Vater eine neue Stelle in einer anderen Stadt angenommen hat. Natürlich könnte man das alles im Nachhinein als Unfall bezeichnen, als ein tragisches Missverständnis. Und je mehr Zeit vergeht, desto mehr bemühe ich mich, das Ganze als harmlose Episode irgendwo in meiner Erinnerung zu vergraben.

Aber das war es nicht.

Denn es gab diesen Moment, nachdem die Wölfe aufgehört hatten zu heulen, diesen Moment, in dem Finja und ich uns angesehen haben, nur für ein, zwei Sekunden. Finjas Augen glänzten und ein kleines Lächeln spielte um ihren Mund und ich glaube, ich habe auch gelächelt.

Susanne Mischke

Röslein stach

Toni ist einfach nur froh, von zu Hause auszuziehen. Endlich in den eigenen vier Wänden! Ralph, ihrem kontrollsüchtigen Stiefvater, ist sie ein für alle Mal entkommen. Doch die alte Villa, die sie mit drei Mitbewohnern teilt, birgt ein abscheuliches Geheimnis: Vor zwanzig Jahren wurde ein Mädchen auf brutale Weise darin ermordet. Und der verurteilte Täter ist seit Kurzem wieder auf freiem Fuß.

Arena

384 Seiten • Klappenbroschur
ISBN 978-3-401-06679-0
www.arena-verlag.de

Ulrike Bliefert

Eisrosensommer

Pia, Richterin an einem Schülergericht, verliebt sich unsterblich in einen der Delinquenten – den charismatischen Jonas. Opfer einer Verleumdung sei er, behauptet Jonas, und Pia will ihm nur allzugern glauben. Doch es häufen sich unerklärliche, äußerst beunruhigende Vorfälle. Nach einem verheerenden Unfall beschleicht Pia ein furchtbarer Verdacht: Ist Jonas doch nicht so unschuldig, wie er behauptet? Was sie nicht ahnt: Je näher sie der schrecklichen Wahrheit kommt, desto mehr gerät sie selbst in tödliche Gefahr.

Arena

264 Seiten • Klappenbroschur
ISBN 978-3-401-06723-0
www.arena-verlag.de